LES TROIS RÊVES

POÉSIE

LUE A LA SÉANCE PUBLIQUE DE LA SOCIÉTÉ PHILOTECHNIQUE,

le 25 decembre 1862,

PAR

J.-A. D'ESCODECA DE BOISSE.

PARIS

IMPRIMERIE FÉLIX MALTESTE ET Cⁱᵉ.

rue des Deux-Portes-Saint-Sauveur, 22.

1863

LES TROIS RÊVES

LES TROIS RÊVES

POÉSIE

LUE A LA SÉANCE PUBLIQUE DE LA SOCIÉTÉ PHILOTECHNIQUE,

le 23 décembre 1862,

PAR

J.-A. D'ESCODECA DE BOISSE.

PARIS,

IMPRIMERIE FÉLIX MALTESTE ET Cie,

RUE DES DEUX-PORTES-SAINT-SAUVEUR, 22.

1863.

LES TROIS RÊVES

Sous les rameaux touffus de discrètes charmilles
Un matin discouraient trois belles jeunes filles.
Seize ans, c'était leur âge ; et la vie, à leurs yeux,
Semblait ne contenir que des biens précieux.
L'avenir souriait ; le présent, plein de charmes,
Laissait à leur candeur ignorer les alarmes,
Et leur âme, où régnaient les innocents désirs,
Des chastes sentiments savourait les plaisirs ;
Sur leur front virginal une grâce infinie
Faisait épanouir sa suave harmonie,
Et les roses, que Dieu fit sœurs de la beauté,
N'avaient ni plus d'éclat ni plus de pureté.
L'incarnat de leur teint, qu'on ne saurait décrire ;
La douceur de leur voix ; l'attrait de leur sourire ;

Leurs modestes regards ; leurs souples mouvements :

Leur taille aux frais contours ; leurs autres agréments,

En elles tout brillait du reflet admirable

Qui décore la femme et la rend adorable.

L'une avait la raison qui veille et nous conduit,

L'autre, l'esprit brillant qui captive et séduit,

Et la troisième en elle entretenait la flamme

Du dévouement qui brûle, éclaire et remplit l'âme :

Groupe délicieux et pur dont Raphaël

Aurait, par le pinceau, fait trois anges du ciel !

Elles se confiaient toutes leurs espérances,

Et leurs premiers chagrins, fugitives souffrances

Qu'une ombre faisait naître et qu'un souffle emportait,

Et les naïfs propos que le cœur leur dictait,

Et les étonnements du matin de la vie,

Et leurs vœux, aussi prompts que leur mobile envie,

Et mille riens charmants, et la fertilité

Que découvrait l'étude à leur cœur enchanté ;

Elles se disaient tout !... Mais bientôt leur pensée.

S'arrête au souvenir d'une image effacée,

Un rêve les occupe; et chacune, à son tour,

Va raconter le sien, et parler sans détour.

Quel songe éblouissant! j'étais, dit la première,

Dans un lieu qu'éclairait une douce lumière.

C'était l'heure où l'on voit, à l'Orient vermeil,

La pourpre dont l'éclat précède le soleil

Inonder l'horizon de sa teinte embrasée.

Partout, autour de moi, scintillait la rosée ;

Chantres capricieux, les oiseaux, dans les airs,

Jetaient, en voltigeant, leurs agrestes concerts :

Les zéphirs soupiraient, et leurs tièdes haleines

Balançaient mollement les épis dans les plaines ;

Mille bruits se fondaient en une seule voix,

Qui mêlait ses accents au murmure des bois ;

Les ruisseaux promenaient la fraîcheur dans les herbes;

Géants de nos vallons, les peupliers superbes

Agitaient leur feuillage, et semblaient s'incliner

Devant l'astre du jour, qu'on voyait rayonner.

Quel immense bonheur remplissait tout mon être !

Mon âme interrogeait, avide de connaître,

Cette scène où la vie et toutes ses ardeurs

De la création me montraient les splendeurs ;

Ensuite elle assignait un but à chaque chose ;

Dans l'effet, par l'instinct, elle admirait la cause,

Et, prodige inouï ! d'incroyables clartés

Pénétraient mon esprit et mes sens délectés.

Mais, bientôt rappelée aux devoirs de la femme,

Je présidais aux soins que le labeur réclame.

Maîtresse de ces lieux, chacun m'obéissait !

Le bouvier, fécondant les sillons qu'il traçait,

Semait le grain tardif qu'on récolte en automne ;

Le jardinier donnait à la fleur qui boutonne

L'onde qu'en douce pluie épanche l'arrosoir,

Et, tandis que les chants égayaient le manoir,

Sur des coteaux couverts d'une mousse éternelle,

Mes nombreuses brebis emplissaient leur mamelle.

J'avais à ce séjour borné mon univers ;

Tout m'y parlait de Dieu ! Là, mille objets divers

M'enchaînaient au bonheur, et la nature, en fête,

M'apparaissait alors plus riche et plus parfaite.

Rien n'était comparable à ma félicité !

Une secrète voix dans mon cœur transporté

Versait incessamment l'aimable rêverie ;

Et devant tous ces biens, frémissante, attendrie,

Je goûtais une paix dont le ravissement

Me révélait des cieux le pur enivrement.

Et puis tout s'effaça ; je m'éveillai !... Ce songe

Sans cesse me poursuit, et m'obsède, et me plonge

Dans ce vague où l'esprit s'épuise à définir

Le problème du sort que garde l'avenir.

Mon rêve est différent, s'écria la seconde ;

J'étais heureuse aussi Mais quelle nuit profonde

Il fallut traverser avant d'apercevoir

Les merveilleux trésors cachés dans le savoir !

J'avais de la musique approfondi l'étude,

Mais j'ignorais encore, et ma jeune aptitude,

Que ne contentaient pas de savantes leçons,

Fouillait avec ardeur la science des sons.

Je ne voulais pas être une artiste vulgaire !

Les principes de l'art, qui m'éclairaient naguère,

M'avaient ouvert la route, et ne suffisaient pas

A la grandeur du but que poursuivaient mes pas.

Les notes me parlaient une langue divine

Dont les mots enchanteurs vibraient dans ma poitrine,

Écho mélodieux de célestes accents,

Et je ne pouvais point en surprendre le sens !

J'étais sûre de moi. Pour mon gosier docile

Dans l'échelle des tons rien n'était difficile :

La mesure, les traits, les gammes, les accords,

La souplesse, le mode et ses divers rapports,

Tout m'était familier, et pourtant le génie

Me refusait toujours sa force indéfinie !

Vainement j'évoquais l'art immatériel,

L'esprit fuyait sans cesse ! et tandis que le ciel

Restait indifférent à mes vœux, mon courage,

Par la lutte excité, grandissait davantage.

Cependant le prodige était près d'éclater !
J'essayais Pergolèse et j'allais le chanter,
Quand, aux premiers accords de ce *Stabat* sublime
Où la mère du Christ dans sa douleur s'abîme,
Je sentis mes genoux se dérober sous moi.
J'éprouvais une angoisse invincible, et la foi
Soudain m'enveloppa de sa flamme sacrée.
La lumière se fit ! Éperdue, égarée,
Je pleurai chaque note, et jetai dans ce chant
Tout ce qu'un saint délire inspire de touchant :
J'avais compris le maître ! Enfin j'étais artiste !....
Nul thème à mon talent désormais ne résiste ;
Le feu sacré m'anime et fait étinceler
Tous les trésors que Dieu vient de me révéler.
Mais, prodige nouveau ! je me vois entourée
D'une foule imposante, attentive, éclairée ;
Je chante devant elle, et lui fais partager
Tous les tressaillements qui viennent m'assiéger.
Ma voix devient alors si puissante et si pure,
Qu'en elle il n'est plus rien de l'humaine nature,

Et les sons qu'elle exhale enchaînent tous les cœurs

Au souverain pouvoir de ses effets vainqueurs.

Quel succès! devant moi palpitait l'assemblée,

Je la sentais frémir; et trois fois rappelée,

Fière de recueillir ses encouragements,

J'ouvris mes yeux au bruit des applaudissements.

La troisième reprit : Vous aviez l'espérance,

Et moi je ne comptais que douleur et souffrance.

J'étais dans une fête où l'heure s'envolait

Au milieu des splendeurs que le luxe étalait;

L'orchestre était joyeux; mille fleurs odorantes,

En s'ouvrant, mariaient leurs grâces enivrantes,

Et, pour rendre plus vif l'éclat de ce séjour,

Cent lustres enflammés y remplaçaient le jour.

Chacun y souriait; moi, j'étais attristée,

J'avais peur! Tout à coup je me vois transportée

Dans une sombre enceinte, où les vapeurs du bal

Arrivaient comme un souffle ironique et fatal.

Une femme était là, simple, touchante et belle;

Et, s'avançant vers moi : Je t'attendais, dit-elle,

Viens! je veux te montrer qu'à côté des plaisirs,

Le cœur des malheureux s'épuise en vains désirs.

Elle guida mes pas vers de tristes demeures,

Où des gémissements comptaient toutes les heures.

Là, je vis tour à tour des tortures sans fin.

Partout le désespoir, la misère, la faim !

Mon âme défaillait au fiel de ce calice

Où l'infortune boit un horrible supplice,

Et mes yeux, inondés par un ruisseau de pleurs,

Se fermèrent bientôt devant tous ces malheurs.

Eh! quoi, n'aurais-tu donc que des soupirs stériles?

Dit mon guide; pourquoi ces larmes inutiles?

Ne sois pas généreuse et chrétienne à moitié !

Courage! imite-moi; féconde la pitié !

Et soudain cette femme en mon sein fait éclore

Un amour infini dont le feu me dévore ;

Sur mon front, qui s'incline, elle impose les mains,

Et je vole avec elle où souffrent les humains.

Nous secourons d'abord de pauvres jeunes mères,

Qui pliaient sous le poids de tristesses amères

Quand leur lait appauvri ne pouvait plus nourrir

Leurs tendres rejetons, qu'elles voyaient mourir :

Aux vieillards délaissés nous portons le courage ;

Aux bras inoccupés nous assurons l'ouvrage ;

Nous consolons la veuve, et sauvons l'orphelin ;

Par nos soins les berceaux se recouvrent de lin ;

Nous instruisons l'enfance, et courons à l'hospice

Joindre à l'art de guérir la prière propice.

J'étais infatigable, et, divine faveur,

Sans cesse à soulager s'appliquait ma ferveur !

Alors, de ma compagne écoutant la parole,

Je l'entendis me dire : « Une sainte auréole

» Te couvre ; des bienfaits répands toujours le miel !

» Je suis la Charité. Dieu me rappelle au ciel ! »

Et, me quittant rapide et de gloire entourée,

Je la vis s'élever dans la voûte éthérée.

Puis, quand je m'éveillai, je crus l'entendre encor

Répéter : « De ton cœur féconde le trésor ! »

Tels furent leurs récits. Pensives et troublées,

Elles se demandaient si des lueurs, voilées

Sous la forme d'un rêve ou pénible ou charmant,

N'étaient pas quelquefois un avertissement.

Que penser ?... L'avenir leur porta sa lumière :

Les champs et leur bonheur charmèrent la première,

La deuxième, dans l'art, eut la célébrité,

Et la troisième enfin fut sœur de charité !

D'ESCODECA DE BOISSE.

Paris. — Imp. Félix Malteste et Cie, rue des Deux-Portes-St-Sauveur, 22.

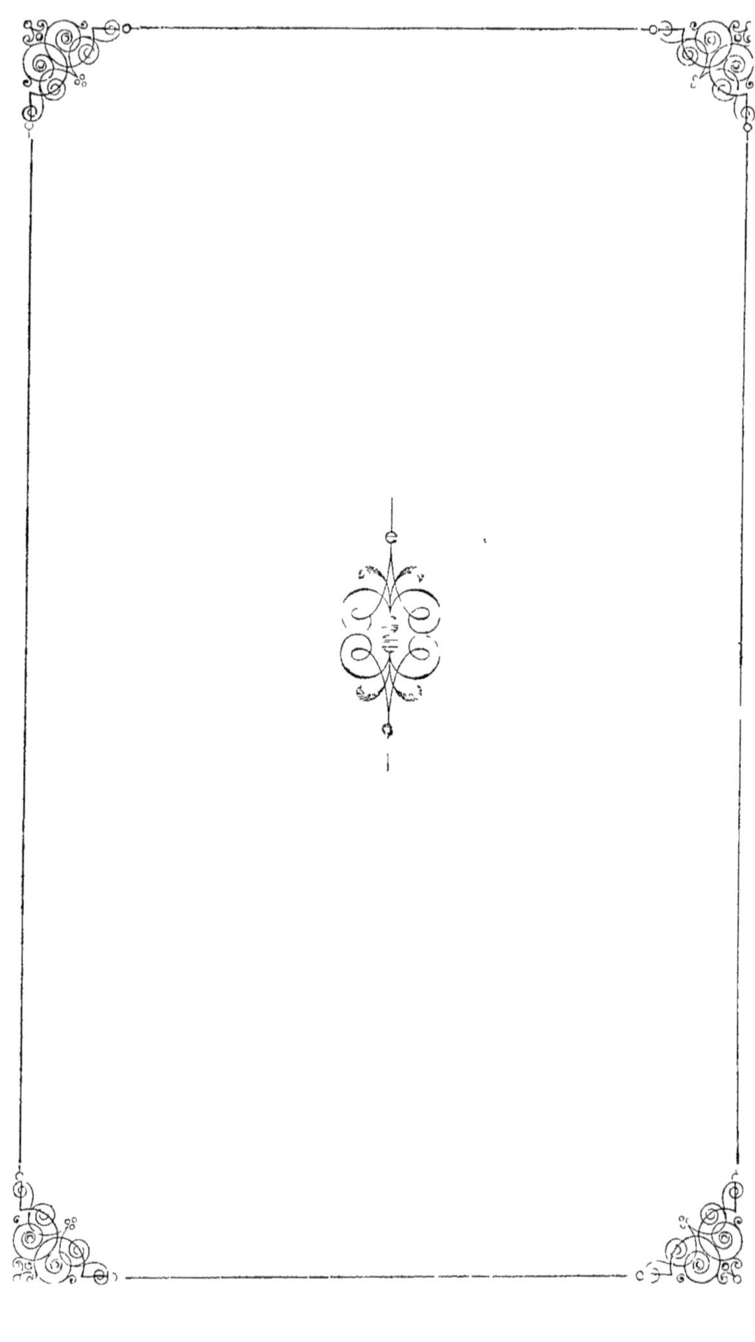

www.ingramcontent.com/pod-product-compliance
Ingram Content Group UK Ltd.
Pitfield, Milton Keynes, MK11 3LW, UK
UKHW021052120726
13693UKWH00006B/2591